KUWEI

酷威文化

图书 影视

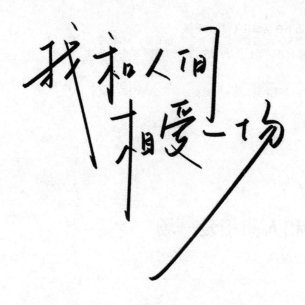

春色几分闲　著

江苏凤凰文艺出版社
JIANGSU PHOENIX LITERATURE AND
ART PUBLISHING

图书在版编目（CIP）数据

我和人间相爱一场 / 春色几分闲著 . -- 南京 ：江
苏凤凰文艺出版社，2024. 12. -- ISBN 978-7-5594
-8952-4

Ⅰ．I227

中国国家版本馆 CIP 数据核字第 2024T5G174 号

我和人间相爱一场

春色几分闲 著

责任编辑	项雷达
特约编辑	杨晓丹
装帧设计	@Recns
责任印制	杨　丹
出版发行	江苏凤凰文艺出版社
	南京市中央路 165 号，邮编：210009
网　址	http://www.jswenyi.com
印　刷	天津旭丰源印刷有限公司
开　本	880 毫米 × 1230 毫米　1/32
印　张	9.5
字　数	26 千字
版　次	2024 年 12 月第 1 版
印　次	2024 年 12 月第 1 次印刷
书　号	ISBN 978-7-5594-8952-4
定　价	45.00 元

江苏凤凰文艺版图书凡印刷、装订错误，可向出版社调换，联系电话 025-83280257

这份空白序言，
想请您亲自书写。

春光正好，见字如面

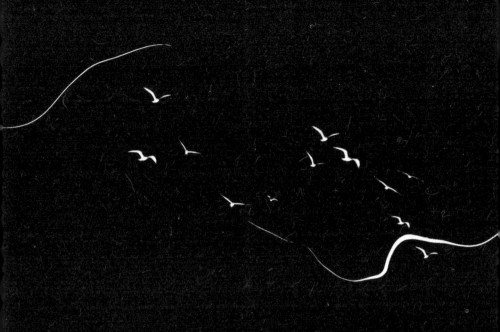

爱人的眼睛是第八大洋，
盛着颓芜，
留住佳景，
滚烫着人间所有的热忱。

CONTENTS
目录

第一卷
·
风月酬

爱人的眼睛是第八大洋
盛着颓芜，留住佳景，滚烫着人间所有的热忱

束手就擒

撕破伪装，丢下文质彬彬

要淋漓尽致

要畅快直言

要你看清我小气逼仄的私心

然后我手捧鲜花

束手就擒

今日放晴

我总觉得水枯山瘦，冬日冗长
直到春色加急在九百六十万平方公里
宿诗缀花以做诱饵点衬湖光
绿瀑折风柳丝垂曳得恰合时宜
在我痴迷的那场晚霞阀门关闭前
听说你的城市今日是放晴天气

世界边缘

我想和你无所顾忌地逃到世界边缘

和你背离喧嚣走在黑沙滩上

一切奚落就由它搁浅在岸

你我并肩，便是壮观

无字诗

滥情时代模板泛泛

我只想寄给你一页无字诗

在一个清冽的冬日不附贪婪，不染纤尘

夜色吞噬烛火前，跪伏莲座低喃祝祷

山雾中对白月色，打捞同样的赤忱灵魂

这一封无字情书

清白浪漫过无数花与吻

飓风

爱如飓风

轻抚史前孤寂

那是一颗震颤的心

降解悲凉之地

一封思念

思念是一封泛黄的旧信件

一想到你，颤了笔触

旧信件误了红烛

怯影形孤

走马观花

作为黄昏的孩子

那天我们聊到婚期和葬礼

走马观花地

潦草讲述一个可期不可许的未来

第八大洋

爱人的眼睛是第八大洋
盛着颓芜，留住佳景，滚烫着人间所有的热忱
我徘徊灌木丛中细数灵魂的残骸
拜托拜托，我的爱人
如今的我可经不得落雨

枯井

我会守护好我的枯井，和春天交换暗号

等倏忽而来的绿意攀上高墙

它也曾是你来信中忘却的老藤

这场冬太冷

我的思念

经年久封

长亭

你的长亭夜色霭沉
悄然把月亮压进诗经作了褶痕
仅仅是眉眼稍弯
却叫那繁花作衬
赠我芄野长春

黑沙滩

只是风花不解嗔痴

雪月等不到天明时

你是墨色铺陈梦中不落的红日

是我甘心搁浅的黑沙滩

一隅

这是荒凉的暗色一隅
去读懂灰黑色礁石的孤独
在极光之外的又一向往
你要亲口来说爱意不会赤贫
不只私奔看海，还贪图朝暮

在朝霞复燃前相爱

我的心思比那春风来得勤

总是赶在扣窗前蹚过古老遥远的湖滨

直到攀上你的眉梢

才决定安心定志

做这祈暮贪朝的愚人

爱是不应季的隐喻

我有我心驰神往的春山

在朝霞复燃前

请你说 愿意相爱

私有回声

眺望古老星系
回溯时空的秘密
或许寂寂宇宙也在思考着命运的来处与终极
而你来我身旁坐定
做我这渺小微尘的私有回声

特别爱你

爱你真是特别

想捧漂亮的情话，稳稳地落在你的眼前

让你看遍字里行间的蒹葭、灯花

又或是追逐歪倒在麦浪不起的春风之下

还有破冰初融的桃汛

山茶次第开在垂丝海棠前

如果你瞧得见

也不算那沉寂许久的心声消湮

倘若不得见

也不着急

毕竟湖畔的春才将将醒了一半

私奔

和我一起私奔吧
离开孤岛、空山和拥挤不堪的人海
与林间的小鹿一起探险
在世界的边缘做彼此的例外
带着蹩脚的情话
旁听余生的旁白
最后见证时间的最终形态
怀揣真心勇敢相遇的人
口味不同也不算奇怪

恰逢

夜骑时手机久唤不应

我的影子独自哼着"春风不解风情"

夜幕下晕黄的城市太过温柔

适合上演最老套的剧情

可当我侧头望向你笑弯了的眼睛

恰逢绿灯，允许通行

归舟

好奇怪
为何我求神问卦，却算不明因果
你的一颦一笑搅动着我的心湖
船帆被狂浪吞没
大漠月明，江河翻涌

凡尘过往不问西东
你站在彼岸，不做渡口
我却是执迷偏航的归舟

江南

等到应季的碎雨，湿梦在我屋檐

邻家姑娘同我微倾纸伞

再等到一方初晴，水墨晕开一纸雾山

青阶古镇才懒懒漫开丝缕炊烟

这水乡温婉，扶窗遥看

尽数在渔火星点

而我以软江磨砚，小舟横渡

你眸中缱绻

等闲之辈

我是贪图情爱的等闲之辈

长夜怎数烛泪

解襟勾缠腰间佩

情不至深处落子有悔

恕我爱人慈悲

花苞颤动，春光泄秘

请拿一场矜持的春天

交换一个蜻蜓点水的吻

敬长夜从不枯萎

朝暮悠悠岁月长

早年刁蛮娇纵

他只迟来一秒，便闹着谢客打烊

而后不知分寸地在你眸中错酿陈年的酒

赊抵的月亮也作惊世的篇章

只是失神一次

见你捧着欲坠的海棠

就被你一统朝暮，不觉岁月长

别再谈救赎

我当然承认我罪孽深重

见不得你遥遥作那疏竹朗月

你合该与我在这万丈红尘滚上一滚

别再谈什么救赎

我们挑剔，咒骂，互相驯服

爱是

我曾以为爱是火山蓬勃喷涌的火焰

是一汪蓝色下柔软涨伏的潮水

后来我才知道

它其实是心碎时你吻去我眉睫的露珠

爱会是绝症，阴霾，山隘

也会是你从一切晦暗中踏雾而来

中意

明灯圣火外，杀手缴械自献降旗

深巷酤坊处，酒鬼摔坛推盏换茶

珍馐美馔，山野乡肴

不过一日三餐

任千宝琳琅，你是此中存世孤品

最为中意

有情可钟

世事无痕，徒将春秋操纵

所谓心动，不过你眸底秋水一泓

山月空，穿堂风

枕夜排星，今后有情可钟

带花见你

在世界末日之前

收集所有忧郁的信笺

用你的名字命名整合唯一的浪漫文集

即便是荒野，也有星子同流萤指路

今夜风不踌躇

吻上不再孤独的花束

将春吻遍

瞒不住的小园深处

余雪子然同初景周旋

溶出一方湖光潋滟在你舒展的眉湾

稍稍侧目，就荡开一个可爱人间

不等庭芳拥满旧山

只是堪堪将春吻遍

月色重量

用你来描摹月色的重量

是松林站岗，竹影微晃

湖面不绝的流光见证星子怠工打烊

而你是辰时朝阳升起我留不住的霜

无悔

我看到繁星低垂
数不清这是爱情寂灭的第几个时岁
那原是荒丛的野玫瑰
无知无畏，自由且明媚

世人多不屑荒芜中的生机
唯有你赞其骄傲与热烈
为你盛开也因你凋敝
爱是不朽，而我亦无悔

爱让悬崖变平地

我假装诗人
写看山望海的残篇
我见青山多妩媚，我见川海泛波澜
我知你停在我心间
只一眼，堪抵万年

如何来表达爱意呢
如果说爱让悬崖变平地
那么来时路，你走坦途，我过荆棘

明天见

可惜世上没有那么多惊鸿一面
见你需要高挺的鼻梁
俏皮的唇色
和微微上挑的眼线
要把星星藏进眼眸
头发记得微微卷
挑选衣服又犯了难
还好你说的是"明天见"

桂花树下

想起那一年桂花树下小憩

想解一解"爱"的谜题

只是当我醒来

滑落身上满是桂花的秋衣

四季分明的小城里

"爱"向我亮出了谜底

桂花糕并不稀有

而温柔在你

旧情书

月是夜里不眠的罂粟
照痴愁，寄踌躇
今晚我们不看月亮
只想翻出那陈旧的情书
喂！要不要逃往宇宙岛
邂逅光年外玫瑰一株

一起回家吗？

接下来就是银杏捧花

剥好的板栗有你手心的温热

吃火锅先下你爱的虾滑

然后同吃一份奶油南瓜

待在风口不说话

我踩着影子

等你问要不要一起回家

观夏

我原本是看水上覆水、于风中逐风的闲散路人

只是那日蜻蜓轻盈眷顾指尖

我并非荷，却也想盛一珠露水

赠它些许人间温软

尽管只是错认小荷尖尖

我亦欢喜迎她不时往返流连

白日梦

我写了一封信寄给你
在永远流浪着的灵魂深处
荡漾一首深沉绮丽的乐曲
捕获童年梦幻般的白日梦
这是诗人和幻想者的奇观盛景
爱如雪夜火光
你我夜渔

相思腹地

其实也怪不得那场夜雨

筹谋良久

灯灭墨干时

淋漓在相思腹地

等春开遍

你偏爱料峭春寒后，桃枝怯怯地将风扣掩

然后是江暖，水软，溪涧潺缓

轻而易举漫开新繁的诗篇

我不过一座还未返青的矮山

等你肆无忌惮将春开遍

第二卷
·
浮生卷

跋在时间长河里，还是免不得一生离别

浮生一卷

你说浮生一卷，

不过被裹挟进翻涌的命运之海的一叶孤舟

可若有桅杆扬风挂帆

浩瀚大海也不过征程

风声洪流，岁时铁墙

月如驰弓，弧光破夜，拓荒千里

庞杂人间，岂止风月灼？

沽岁酌秋

十月，旧事消抵
漏夜的露寒霜重，再轮换一季
雾偏东风
晴是城市尾气偶然抛在树缝下的影
人间还是沽岁酌梦的酒坊
酣醉高楼
酿一壶陶坛外的月光

祝春天

祝你有永续的怦然欢喜

闪闪发光地站在耀眼的明天里

锦上添花之外

只愿你驱避噩祟，长宁逢瑞

那就拂去旧诗满身的风雪

冬去后你我再来祝春天

自投山怀

月是千年里世辈供奉的灯
是爱未曾丢失的那一横
凝系家人的思愁与祷祝
作异乡客的良药止疼
旷日弥久，未缓归思
我自投山怀
倦懒月乡，宿年往深
金秋丰满，月无缺，人无憾

再逢新春

岁末大雪漫山

苍茫林野像是一片荒芜的海

狂风呼啸而过无人问津的荒地

火车汽笛长鸣

轨道目睹一场又一场的离去

我们相逢又错肩

淡忘故人的音容笑貌后

凭借新的赤诚取件又一封春日来信

旧事了却，再逢新春

未读邮件

今夜我们抛却电子世界
关闭网络，转接来电，搁置那些未读邮件
又是霜柿丰收的应钟月尾
草香灼烬，风将盆栽轻移入房内
你落在信末作我不可悔戒的附言

远行

我赶海行往远方的日子

自诩理想比磐石坚毅

任由电话忙音，已读不回

淡漠一场过期的想念

流光匆匆抛却了她的锦裙和脸上的红晕

光阴剪短的印记下

只有爱未曾衰匮于时间

你如朗夜明火

玻璃窗外的云朵

在花火般的夏天抵上山额

燃成灰烬的是什么

一阵风的落寞与昨日蹉跎

悠悠荡荡的梦逃离正待署名的人群

爱跋山而来的黄昏，爱漫漫长夏

而你如朗夜明火

轨迹

季节是一只翩跹的蝶

末梢的雪落之前，在你微凉的掌心停栖

生命起伏在微微颤动的羽翼

日更年深间挣脱一个个双手合十的缝隙

快意将春晖折叠，揭开一场梦绚丽的谜底

乐行忧违，随风两千里遍布花香的轨迹

祝你所愿成真

也曾想过相逢在一个街角的黄昏

在路口指给你最最好看的一朵云

可是我这里的羊群要跋涉数百里的风

如果你恰好抬头，它便来替我偶遇

素未谋面，便想着送你一阵柔软的南薰

雨雪息壤之前，拨开雾霭

我称你为翩翩少年，不失热忱

也虔诚祝福你奔逸绝尘，尽逢诚恳

炉火煎雪，年岁生温

我数过一载春秋，追随着你的影子

遥遥祝你，所愿成真

生动修辞

她是浪漫放恣下的生动修辞

也是玲珑巧思中的动人诗句

有着白玫瑰般锋锐的利刺

也作风华浊世中独树一帜的惊鸿词

或许，楼下的花和我都想攀一攀月亮

再借一夜

望向灵魂下的兰心玉质

江湖规矩

逢人待客，不问来处
温一壶暖冬的酒，皆是归路
江湖规矩，碰一碗风雪尽平
遇人良淑

回忆

回忆是暗潮涌窜在潮湿栖寒的雨季
从骨缝深处传来疼痛，牵扯呼吸
而后在时间中麻木，缝合
时间从不会因为春天停止篆悲成碑
你知道的
唯有离别苦不会戛然而止

涉水留痕

踱在时间长河里
还是免不得一生离别
人人都仓促地涉水而过
又在他人记忆里留下抹不去的痕迹

一扇旧窗

她像是我生命中出现的一扇旧窗

那里有穿过树荫的蝉鸣

驱蚊纳凉的蒲扇

与葡萄藤架比高的童年

她驶出时间的海，她在记忆中永生

爱不被遗忘

爱的人会在记忆里永生

不被遗忘

如果坟墓上种满草莓与花

那么离别好像也不是那么可怕

注定

生命是一场大河狂奔

急流交响，落石不惊

遥远的日色寐尽

每一场大雨都命名注定

新年将至

废旧老屋的瓦檐处还有残雪未融

已然锈去的锁松垮挂在门前

窗边雪印上小小的手印，一侧歪歪扭扭写着"平安"

商贩在人声喧嚣处，蘸满笔墨映上有关春天的许愿

红纸上行又复行，年又复年

孤独个体

有关于秋天的记忆

是软糯的奶绿毛衣

袖子里热乎乎的冰糖烤梨

是柠檬配上蜂蜜柚子，还有藏匿梦中的你

冬雪还未落下，青山寒依

我成为又一个孤独的个体

一树晨昏

秋天掉落一树树的故事

这棵嚷着春时花簇，那棵念着夏时蝉歌

我只在树下接住

接住一小朵金色的蝴蝶

那些太阳隐匿的日子

无望无尽的风声中，秋色走向枯竭

柔软的谎言

近来生活有点累，我只能偷偷发呆

心飞过草甸，飞到荒漠与冰原

我的口袋有两颗橙子味软糖

我是说你该在我身边

一个藏住月亮的夜，星星误翻砚台

谎言也柔软

春的国度

掸尽陈霜，满堂春绿

我们不再追问

季风何时穿过木栅栏，由雪肩绕至春足

人间好事，皆遂新愿

冰封的雪道行尽，便是春的国度

一隅光阴

这里有着让人着迷的故事感

悠悠转动的破旧水车

垂弯枝丫，果子比叶子多的老柿子树

青砖白墙的古楼

经年中脱落几层春夏的寂寞

小角落的光阴无人问津

如同脚边的野草野花一般寻常而不知姓名

你也怀念吗?

我们在夜色正浓时吊唁垂落地面的果子

散去的晚霞，错过的风

然后抱着被子拥至天明

做一个如晨时薄雾般易碎的梦

梦中是无人问津的秋千，肃穆无言的青山

还有未曾到来的冬

风会带来你的消息

秋天早晨呼吸

仿佛从鼻腔到肺部都长满了薄荷叶

闭上眼随机挑选一个方向同幸运的落叶亲密接触

每一次沙沙声，都是一场不期而遇的相逢

走过，告别，新的相遇

幸运的话，风会牵引它同你下次再见

错过的时节

秋特有的清冷微凉藏在雨后晨起微微潮湿的空气中
而被忽略的温暖藏在纷纷落地的枯叶
每一片都藏着你我曾错过的时节
秋天的凉，是指尖散在风中的温度

偶有风来

夜晚的月光将瘀青照得亮堂

山岗的风雪掀起林浪

山鸟在枯藤小巢中枕风而眠

天幕是一面蒙尘的镜子

今夜，众生寂然

偶有风来

篝火

雪山之上篝火狂欢
有一群人却在孤独上覆上风霜，站成坚守
身处清寒，篝火一堆
将来时风霜踉跄下酒，不诉夜行迷茫慌张
看你蹲坐篝火旁
火堆噼里啪啦响
影子被拉得长了又长

携手

提及冬天

是绒绒的毛线帽下，寒风中双颊滚烫

独行瘦落的街道边等风雪息壤

有人提一盏小灯

伸出一只温热的手

于是风止雪停，携你回到篝火旁

保留

逃离雨寒风骤

没躲过少年轻声哼唱的那首保留

滚烫的泪将雪色烧出缺口

如胸前珍视的月牙项链被谋去一半温柔

往事纷至沓来，悄将夜晚回收

难得圆满

我总是喜欢难得的圆满

却又无法阻止自己沉溺于那些破败残篇

残日孤星或是海底废墟

你说这是落魄，而我甘心流连

就像走在悬崖边缘

这是我的贫瘠，亦是我的生机

请你且做远山

遥遥无言，作壁上观

西北

要读西北

就要说黄土高原沟壑之外，牛羊成群，生机盎然

一碗油泼辣子泼出热情豪爽，再说青曲社前笑声绕梁

你只知道荒凉苍茫，却不知这里并非浪漫售罄

漫长严冬后，列车开往春天

沙枣花挤挤挨挨

风筝也会随风生长

旧梦

当风吹灭最后一颗星星
整个村落的夜就沉了
只剩母亲房间的一盏昏黄
我的梦摇呀摇呀
坐着新漆的小白船
去向远方

自由挥霍

我的旧渔船追赶着日落

成群的海鸟经过我

嘿，就着咸湿请你一网兜的自由

"甭客气，尽管随意挥霍。"

永夜

离别是永久消弭的夜
是长寂的梦
是静置冰封的海
是消声无言的礁石
它也是涉身一片咸湿的爱里
那抹深沉的蓝

愈合

浪漫风干，飞鸟受困
母亲粗粝的手掌抚上我的前额
一个残破的春天就在今晚愈合

眼泪出逃

那一夜月色出逃平野
教唆眼泪出逃眼睛

肆意

突然很想要一个烟花肆意的夜晚

炸开一潭死水的生活

在眼中，在耳畔

觊觎春天

灵魂深处的灯灭了
我们就走向朽落
像是半截枯木
妄图觊觎春天

第三卷

·

少年游

少年呀少年，你且看，行途不晚，箭响离弦

最是无双少年

六月的预言是什么呢？

先以蝉鸣长歌相庆，再以锦霞邀祝南风

熬过一夜夜的苦月亮

当贺清酒甘甜来慰三冬

少年啊少年

三年韬晦，一朝锋芒

你生来就较万物繁盛，恣意无双

论英豪

少年的我，眉目间敛不住桀骜

会因为人杰枭雄的传说，而只身寻找

常觉江湖侠义云天，不知世间多少暗箭

无非是年少志高，好凭孤勇一腔竭力掀卷狂澜与海啸

纵然前路萧条，己身潦倒

未妨入局试比天高，行至峰巅再论英豪

试比东风松柏高

想等东风拂遍绿头青苔

去灌满一池葱郁

潮平江畔，点绿缀彩

不叹春染太晚，行至山隘

更不叹那经年的玉尘白

我知平生几载，志述湖海

于是斗转星移古往今来

任那世事比霜雪，只愿做长青松柏

限时记忆

橱窗展览的青春即将撤展
单薄的纸呈着最浓的墨
重彩下是骤然吹动窗帘的风和暖色特映的晚霞
脱落的墙皮是寡淡凋落的蓝
蓬勃的心脏盈满绿色的光影
在这个季节，一切都不算循规蹈矩
空梦一晌，惶惶然吞去所有热烈与波澜

所愿得偿

你应是一条独一无二的锦鲤

天蓝海阔，一往无前

且祝你得偿所愿，如蝶破茧

只消追寻夕阳光斑的位置，就知青松独夺暮色的青睐

影子在世界暗淡时隐身

它也记得冬天的云曾在我身上踱步

那些裹挟着阳光一起的时间

当你携新绿的桃枝叩门归来时再听我一一讲述

巍然盛夏

我久久地望着绿隐没的一切
温热的晚风和碎去的光影
我们成群结伴，影子却各自奔赴秋天
朋友，我偏要在你桌前随光斑停留
勇敢地直视你的眼睛，告诉你
不再是你我如往常般偶然错肩
当世界巍然盛夏
我预谋着重逢时的甚是想念

万重山外

年少不知何为缘浅

后来才知峰回路转，多的是岔口失散

那杯南辕北辙的酒太烈，将憾缺斟满

这山远路迢，月色凌乱

还望你千万珍重 一路平安

只叹轻舟过重山，再不敢回头看

七月流火

所有盛夏都明丽热烈

看你念君子高洁，少年意切

也曾课间绕路只为窗外一瞥

难解

临别为何总在流火七月

岁时四序

请允许我走过岁时四序
走过黑湖沼泽，荒岭颓原
走过旷野长风和冷杉延伸的永夜
要赶在唤醒黎明，浓墨散开之前
跋涉过迢迢迷途
我心中酝酿而生的每一朵春花
都不矜不伐地缀在十万蛮山

你自有斑斓

小时候，梦是膨胀的
蕴含天地，大到宇宙之外

长大时，梦就蜷缩了
居安思危，小到三室一厅

世间风光皆流动，你别停留原处
混沌尘世下灵魂灿烂，你自有你的斑斓

你最贵重

光有来路，影有去向
诚然，你立足其中，万物灵长
世人秉相而生，你是最最贵重

独行

我知你少年桀骜，不惧人言
顶着世俗的目光一路渡海攀山，寻至彼端
识草木，历昼夜
你是冻土层上迟来的复苏

你说少年只为自己随时待命
不愿沉湎途中的月圆与花影
我托山鸟去信
只愿君踏雪迎风，特立独行

行途不晚

风发意气，尽在眉眼，谓之少年

这般少年，要他满目山川，欲攀耸巅

要他胸存鸿宇，不惧路漫

要他坚毅果敢，要他风华成篇

要他不落闲愁，再祝他前途灿烂

少年呀少年，你且看，行途不晚，箭响离弦

巍峨山

少年自有他的郎辉万万
以赤手空拳，搏峻岭险滩
就站在世俗的风口浪尖
铮铮弦起，我不在深渊
我自是重难叠峙高矗不倒的巍峨山

昼夜

昼夜囚困于露重风冷

而你戴霜履冰

俯身跋涉中错失又一载山青

鸟雀惊寒，雨雪夹淋

褴褛旧衫下是错轨的银砾长明

莫怕雪中夜行

可把皓月一盏藏进眼睛

明月长生

诗永远成活
活在每一份真挚与纯粹
留下你走过的路，你逐过的风
你这些年途经的年岁蹉跎
它是荒原燃起的野火，孤独而疯狂
濒死，拯救，成活，却不消亡
我的笔下是长生长明的月亮

火种

夜阑人静
不需要点灯，而需火种
生命燃作一把熊熊火炬
灼破晨卯的咽喉

独木成林

来世会做一棵树

悄无声息地向下扎根

又不断向上生长，向外延伸

从不温驯，一生只与风同频

若世上只余我一棵树

独木亦成林

年岁不缄

每一个人的心跳是不一样的
如同即兴写下的每一个字符，都是典藏绝版
要它悸动，要它泛起波澜
若是懂它，不要问它为何急湍，何时息缓
要蝴蝶破茧，要年岁不缄
要这人间朝暮作千千阙歌，万万诗篇

自此经年

倘若经年之后，霜雪催白你的发梢
星移斗转终究安然走向既定的轨道
而我也迷失在岔口
何妨今日，就吹响那揽春摘月的哨
任他梦短，任他天高
任这崎岖作魇，也不惧叠峦深渊

封地

就着半生梅雨相枕雾里
苔藓攀生于倒伏的四季
来访一场未淋尽的愚
以一身潮湿，敬孑然无依
春风吹不到哪里
哪里就是我的封地

山河志

步步为营，瘴雾难祛

以风霜踉跄回敬天险地堑

我有空室陋堂不恋温湾良港

志在撰章山河

长风浩荡

书旅

簪四时雪月风花

述不尽诗庄词媚

境阔言长

道不明陈史兴衰

破浪

我且祝你

肆意少年狂

且看前路浩荡

风华正茂与理想旗鼓相当

不在云端，而在手上

长风不破，盛夏写下滚烫沸腾的一章

你应在高山之巅

一睹春风得意

所向往，当敢往

为心之所向，乘风亦破浪

逆风

你见我穷途末路

怎知不会逆风翻盘

你说这命运本就悲苦

可宿命本就寥寥一场虚无

折了傲骨 亦不甘服输

若我功败垂成化作一具枯骨

定要将我葬于孤野荒原

我本就生于荒芜

守着月亮，那才是我应有的归途与救赎

我并非鸿鹄

如若落败，荒芜是我的归途

少年郎

少年郎，应有自己的模样
烈焰喷薄，火列星屯
是炽火中涅槃新生的凤凰
越山万重，扶摇而上
是风云激荡，不改方向的鲲鹏

夏夜

躁动的冒险因子
佐料浓度为零的酒精
赊一窗月色
清凉凉地化在蛙声里

回敬

步步为营
瘴雾难祛
以风霜跟跄
回敬天险地堑

磐石

若要少年摹一笔远方

要写踌躇之后的坚持

要写一意孤行的固执

要写涉足千万里不论得失

要写风中的信仰站成旗帜

要写月光照南照北，虽遥不迟

要写何时出发都是梦的开始

我知你一路风尘仆仆，也曾看遍好景无数

没关系，我们所追求的会如期而至，恰逢其时

做风，做雨，也做你

可是你为什么一定要做月亮呢？

太阳只有一个，风只有一阵

每一朵云都有自己的轨迹

每一棵树都有自己的形状，绿意各有浓淡

就算是星星，每一颗星星都可以有独特的名字

做风的话可以四处探险

做云拥有整片蔚蓝

做树去听生长拔节的声音

做星星在夜晚去偷听月亮的秘密

而你，可以是你

回望

青春交付的呈状中
回探一双眼睛
谁露怯躲闪
谁就沦为阶下疑犯

你的名字

晚风打翻调色盘，列车疾驰而过
又掠重山，翠了满窗的夏
后知后觉想起，那晚碰散的杯满是歌与痛

往复经年
你的名字成为一个旧痕齿印
青春的威慑力，后劲无穷

十里街巷

年少时最喜爬树摸鱼，闲散逍遥

嘲笑邻家爱哭鬼脸成花猫，听不得三分唠叨

晒在阳光下，不知今朝何朝，

攀高爬梢，打闹嬉笑，

街巷十里数我最淘

也不介意用软糯腔调撒一撒娇

如果你弯成月牙的眼睛来说爱我

自由回声

给灵魂灌满酒精，在醉去的夜晚摇滚狂
风声猎猎，召唤你从狭仄处出逃
亲爱的朋友，今夜请把迷惘锁在箱柜里
我们碰杯高歌，赤脚在旷野上奔跑
累时席地仰面，躺在草丛中
数星星，林木，还有风的频率
山谷空荡
追寻鸟儿的足迹时
胸腔深处共振自由的回声

童心

童心依然赤足在人间
他问我星星掉落时候
雪花会不会开在夏天

肆无忌惮

今天天赋童权

快乐无须暂缓

保留童心的小大人

也可以肆无忌惮

刹时青

思念悬枝，月影迟迟

光渗不进深水里的沉船

平生憾事中你是我的顽疾沉疴

青春如刹时青

转眼风起

面临的是从未宽宥的时间

秋来垂暮

年少疏狂

我有满心热诚

供养少年疏狂

春风有志

山河添妆

天骄

青山不老

斥少年逍遥

与风同袍

我本天骄

恣意

最当我少年恣意

行止无愧

盛大世界

宾至如归

帆

我的船不恋灯塔，不栖港湾
有弦月做我不折的帆

蝉的理想国

光斑透过夏的脉络

听说

这是蝉的理想国

独占鳌头

此去何求？

夺盛名

拔头筹

争魁首

独占鳌头

青春的回执单

高考是典当青春的回执单

半纸热烈

半纸离别

归家

总是从你掌心的纹路走出

又念着饭菜香

踏上归家的路

第四卷
·
越山海

她没忘记，
要用一次次的通宵达旦，为孩子们开辟新天

有迹可循

爱我一切明晦有迹可循

爱我笔下浪漫征伐的灵魂

远山云阔

她们自有远山云阔，锦绣灼篇
并非待嫁而沽，也不是囿于灶台
不会因爱折翼自缚
也不再甘困樊笼方寸
她要响天震地的自由

清白

我绝不会昂首在任何一种悲剧上

也绝不袖手在是非之外

承接人间千丝万缕的络脉

更不会在意世俗的阻碍，或者己身的孤伶

审视出现在我眼前的任何一场炎凉世态

无论个人的力量怎样渺小到悲哀

我都不会就此置身事外

我就要在我的领域里

觅一片净土清白

春澜还在重山外

她总是面朝着村落，斜影蹒跚

任凭体内的蛛网吞噬四肢，也未曾想过停下

她说她在等小树丰茂

她想用一步一阶的昨与今，来战胜秃岭荒峦

她说想停下，停下眼前的繁杂和漏屋的暴雨

又默默一人点燃了蜡烛，夜撼大山

她没忘记，要用一次次的通宵达旦，为孩子们开辟新天

快意凌霄

去向现实宣战吧，不等明朝

就带上骨子里的离经叛道，无须人叫好

在尘世的喧嚣指点中卷起浪潮

在荒野长风中为她声讨，而非语噤言悄

走吧，别困在深深宅门与低矮墙角

三千鸿宇下，细柳腰，倾城貌

不及昂首阔步，快意凌霄

锦簇

她总在幽闭自己时
恐惧着重山难越的雾
可若心如花木
不必等春，自成锦簇

滂沱

我是你田垄上的唯一佣工

你用爱代替镰刀，将我半生的辛劳收割

每一场寒霜我都迎风相合

每一场曝晒我都以苦作乐

只笑我仅异姓客

原来生命所泪经的每场滂沱雨

都是未褪苦涩的选择

缚琼花

你偏爱春庭下娇容绯面
动人的软语和颜
一句同心就移植锁缚她做高墙深宅的琼花

你擅长吟弄枷锁下红颜易逝的叹惋
却未曾让步分厘，让她一睹窗外天地宽
知她玲珑巧思，解她温婉心事
独独灭了她的远山云阔，锦绣灼篇

可怜，可叹
她在一场经年的雨夜黯淡
后被传言为命轻福薄，只作琼花一现

正中眉心

我降生时承载着家中的爱与希望
我喜欢短裙、粉色头发、蝴蝶文身
我看见拳脚下恶灵花泛滥成海
我听到极尽污秽的谣言诋毁清白

指点，苛责，谩骂，嘲笑
是否我生为原罪，理所应当逃不开这些恶意是非

他们扣动扳机，笑着说没有子弹
那么千万个我和她
鲜血因何涌出
又何时彻底结束

潮汐

纷繁芜杂的俗世锁不住月亮

潮汐伏涨时，孤洁自赏

隆冬它自有它的凋敝枯枝与荆棘塞途

你会做世界冬眠地近旁破土生长的一株明媚

皎色一轮

郁离垂落，星子凋敝

即便山空春芜，夜深得像海

这小小四方天呀，可困不得素影满堂

皎色一轮，万山难碍

自由

她失落，绚丽，腐烂
她盛大，热烈，新生
初生的新芽在春天进发
向上生长的力量
名为自由

绽放

不必为你的性感而含胸驼背
也不必为胸部平坦而懊恼自卑
这片青春的园圃
允许花儿疑惑，探索，自在盛放
当一朵花蕾放下羞涩拘谨
便接纳了整个春天

松绑

只有满脑子欲望的人
才用轻浮浪荡来定义裸露的肌肤
而她们会跋涉过漫长的夜
最后选择在夏天松绑

三原色

黄是云彩落幕的浮影
青是株苗泛醒的春波
至于红
红是姑娘的唇脂
带怯含羞

面容

那是一场关于女性的拆迁落户
水红袄，一纸薄聘缔约新面容
唇际的红一如封印的火漆
盖章定论，为人妻母
迎来送往的年月，拨珠记日，
她只垂着眼打扫壁橱
反复擦拭一只旧妆奁

养育的女儿心有江泽
独自漂泊在水域一方
展开的信每每要请人念来她听
只说海港处有成群的鸥鸟
她只埋头
打扫这不见蔚蓝的灰炉

山海之外

世间繁多琦色
只是隔雾眸见山海外
总是将明却晦

144

逃窜的风

人世是风的逃窜

乘槎逐月

波色垂天

远行客

他总是沉默面对人间的雨骤风急

做远行的客

再用一张张汇款单收容爱意

插曲

月亮是破旧灯泡
末世遗落的废墟中
她是失陷文明的唯一插曲

新帆

坍塌是沉船海底
重生是再扬新帆

告别自己

渡船驶出原地
未到达彼岸的途中
我们告别自己

寻常

人间数万般自在
不过眼宽
囿于迷惘困倦
也只叹寻常

渔翁

相思如渔翁
　垂纶山影
　不见游鳞

渔火

你的吻

是梦中呓语外的渔火

静默中泊岸

独坐我

群青

梦境如沧海

群青色

介于紫色深邃与蓝色澄净之间

撼岸吞夜

雪

雪
飘飞的棉絮
夜枕田畔
悄落山襟

落叶归根

祝你我久历黄昏

于山前信步温吞

祝这随风颠簸的夏

在秋天落叶归根

第五卷
·
野火烬

何时野火烧破枷锁，在阵痛中涅槃成活

木讷的树

你在时间的缝隙中不发一语
风掠过谷地时
这片丛林追逐着浮名薄利
过膝的野草招摇在荒原
那株木讷的树
只是误入人流轨道的瓦菲

钢铁森林

湿甸甸的云压向钢铁森林
拥堵中排号一杯百无聊赖
报道新一轮冷空气降雨来袭
无悲无喜的木偶
成为行带泥点的符咒

冢

贪婪的锁链系在颈上
欲望是再难卸下的项圈
割伤蓝色的眼睛
充耳不闻的哀声恸鸣
鱼群溯游渡不过的江
也作罪孽埋骨的冢

瘀青

残破的废墟旧楼，一群人围成的圈下有人双手护头
那里有失去的悲悯与仁心，有伤疤下衍生的晦暗
灰尘浮在空气中，像是一张密不透风的网，蒙尘年少时光
破破的、旧旧的，像是老楼透不进一丝阳光

蝴蝶的触角吻不来一个春天，那一年折翼的不止一只蝴蝶
她的脸依然稚嫩，瘦弱的肩抗不起暴虐的拳脚
风波中的这尾孤帆摇摇欲坠，春天的遗书上留下瘀青

拜托

清醒并非等同于温顺，麻木冷漠
感性之余的偏激也并非正义与真理
今后祝福只请求
拜托一定平安

涅槃

乌沉的天下，是苍白的人间
人们困在大雪里，看野火漫天
一场缄默的雪，掩去残骸与痛哀
何时野火烧破枷锁，在阵痛中涅槃成活

风骨

爱什么呢?

爱他们泥途之中不改风骨

行路多艰却言旷物

金戈铁马，世事繁恨

却未辜负河山日月，囚于悲怆困苦

你该触一触的

触一触那年洒在他们身上带着凉意的月光

美玉蒙尘

人生不该是无数场有预谋的谩骂与鄙夷

残忍的园丁夺去玫瑰生机

本是美玉，仍被弃之如屣

不公与偏见要你成泥

只能拼命寻找光透过的间隙

凌晨之际生命困于苦涩，仍未等到下一幕黎明

少年蒙尘

囹圄深陷

恶言设计人间艰险

批判使你囹圄深陷

这人世欠你的锦绣前程，灿烂年景终究难还

痛惜一枚灿烂的星辰坠落前的郁郁寡欢

夜色沉暮，祝你来世好梦

玫瑰枯萎在盛年，浓雾黯丘山

枯词旧笔

我是篝火中毁去的诗集
回溯的时间外探烛火摇曳
有人执笔暗室，一字一泣
身在迷局，付诸一炬
销声匿迹的枯词旧笔
自此如月般岁岁长生
洪流中不曾决堤
不许你

潮湿

历史是一场已落下的暴雨
而后不言不响
苦难深重的历史和被遗忘的铁铸的精神
唯余心中永远的潮湿

蓬勃

要熬过几冬

才迎来

草木生长般的蓬勃

租赁春天

山坡的风最先忙碌

默举的火把烧破荒冬

这里独有环枝绕野的乐队

你不爱篱墙外的林冠，纸鸢

祛魅幻梦与套话般的情诗

夜晚如你的黑色长裙

瓶内剪下的花枝，宽悯地租赁春天

幸甚

他们行过枯骨万里

还这山河吉安

幸逢盛世

不敢忘恩

寸心相寄

今日阳光吝啬

湿雨淅沥

爱意并不贫瘠

胸怀九州

寸心相寄

预备绿洲

她说自己的灵魂像沙漠一般贫瘠

哦不，亲爱的

你是还未长成绿洲的种子

远光灯

如果你的爱忽减忽增

不要着急跃入她的山谷

像极了夜晚身后忽来的远光灯

暖色却模糊了前方的路

也有一些光是讨厌的

吻

让黑夜做一个短暂探触的吻吧

记得补上口红

和一个光鲜的明天

火

痴迷的，光明的殉道者

火在哪里

火在你相近咫尺，犹隔窗壁的理想大厦里

从未游憩的欲望，是生命的绝唱也是败者的丧钟

火，是你死不瞑目的坟茔

引渡

来去步履不停
扫谷，挽联，铜锣阵响
烛燃长夜，她呆披旧麻
抽屉里锁尘十年的聘书
同着连坠成串的泪，投入火中
午夜深不可测，如横斜的深井
隆冬，数片冰凌的刺痛
扎向苍穹引渡的乡冢

霞羽

大多时候想和世界同归于尽

但是想到现在是夏天

转而纵许它将我燃成霞羽一片

第六卷
·
人间事

晒秋的人还在，
一场霜柿的红，赴约在黄昏赶来

岁月

良月的雀鸟起起落落
慢火车借岭南的叶入秋三分
山峦涌风响动，暮色辞远隧道
岁月隔开一双双疲丧的眼
挤窗张望着失色的路牌
年轻的旅客陪一本诗集静坐
绕离盘曲久别的期待

岁月往前开
不知是从哪天起，阿妈开始紧盯钟摆
晒秋的人还在
一场霜柿的红，赴约在黄昏赶来

诗经

你又折回了诗经
夜色提钩，起承转合
月亮是始作俑者
却偏爱自酌其乐

非与错

像风钟情流浪与漂泊
房屋只是片刻傍身的居所
行岔口，渡湍流
人生这扇窗本就充斥非与错

信仰

跪赎一世香火中的信仰
施舍一瞥错开的目光
长思忖，罪己祸身
欲念无根之藤
折不断痴愚贪妄

人间好事

尘寰多的是

攀越不过的峰

与那经年不化的霜

却也有

人间好事姹紫嫣红

良月

于秋借箭，林叶萧索
留一枝脊骨摧折寒冬
良月末，摇去满院的桂，封罐保鲜
虫草煨汤，雪梨炖盅

冬至

冬至，睫下暗了愁

水没石桥，人群清冷

枝叶尽落的影子绕上围巾

人行道违章逆行的黄昏

允许臆想，笨拙

独自热诚

雀跃

生命是醉意醺然的孤独

花雕，诗酿

新酒雀跃

对赌

与这人间对赌
五脏庙府奉一尊流浪的神
磬钟响起
在香火稀薄时，模糊视线
今夜，请宽恕我噎食腐烂的供果
而后皈依未知的旅程

良宵

屏退凛风，访叩柴门

在下一场飞雪前寻踪春迹

引时梭织，通经回纬

回望五千年洞火观天

谁又言

月满才堪称良宵

壳

冬日，蜕去披坚执锐的壳
读你偷塞进背包的长信
风满剪枝叶时
我离开冰岸，修篱种雪
待春染绘桃色嫣红
回赠棠梨叶落的相见

蜿蜒

我不再停留
不再甘困于纸上方圆
听不得山高水险，难得万全
就依着酒劲儿，平川行远
四季是横眉冷眼与孤身涉过的嘈杂
万钱不换我胆魄傍身爱过的蜿蜒

原谅

你只顾着，旧窗外的南岭巍然披白

将小小屋隅梦作旷野

视若无睹冬下的请帖

我原谅你了

未融尽的迷惘与无所归依的忐忑

都将一一赖倒在春光返场时的摇曳

痴客

我是俯身朝山痴客

你是仰面枕岸的供佛

这一程，迷津难渡，亦幻亦真

我迎候，雪痕中相连的大步

虔心叩首

一阶一诚

见山

我走向岔道

体验着未知的行旅

和陌生人在日光下晾晒自己

只这一刻，承认我们从属群居

我们依赖幻想，彻夜长谈

只为致敬一场平凡的际遇

旋律

雪明晃如昼，纷然下在前夜
秋的杂叶掩埋在岁底
篝火衍生小小的橘色宇宙
谁说不设春光就算贫瘠
莫再等惊夜的火光烧破阻壁
冬是一截枯枝自燃的旋律

正中下怀

酗茶猫冬，钟摆怠工
无心过问雪的行程
是行人偶作停留的等待
还是风踩枯枝露出的马脚
我都无甚理睬

有人隔窗讨茶来
雪来见我，世界正中下怀

腊月

腊月，大敞门扉，世间余下两斑白

羁旅拍不尽的风霜再沉一分

他的肩上，记作冬别雪消融的姿态

一间窄窄的篱舍载过万夜

土墙瘦影上

体迈衰白

年轮

需要返乡的灵魂太沉
只是病树早枯，锈锁封门
一生徘徊，眼泪弥留之际
苦等回忆返季，叛变时间年轮

新芽

冬夜衣衫褴褛
让雪人高坐瞭望塔
今晚，我们把歌引掷枝头
开出嫩绿新芽

旧雪不覆新年

瓜果投怀的笑声远了
只留倒数的钟声尽情翼盼
红灯笼与瞬息擦过的火树银花
来年的未知从一夜枯坐过渡

应是春光尤擅谋断
纵许一小片阳光嵌进团圆的地界
逃离旧年雪统辖的世界

人间疾苦

麦野是生长的黄昏
露珠是朝生暮散的孤独
稻草人冷眼旁观
日复一日
根骨相连的人间疾苦

枝头

青风，你且稍等一等
不必匆匆将杜鹃红抬上高山
想来春的缤纷总是缺失一朵
冬夜的雪先行嫁接枝头

远方来信

想做一个无利可图的人

在一个风和日丽的日子读一封远方来信

我们不谈贫穷与悲哀

袒露在阳光下

赤裸如婴孩

还未张口谈论未来

幻想通行

要靠压榨，紧迫来验证些什么
迟迟不灭的星，挤不进一扇窄窄的窗
要用夜晚遮蔽语言，眼泪和窥探的目光
照破那些不成天才的叹惋与难堪
妈妈，今夜没有风声
允许关闭闹钟，寻求异时空的美好馈赠
灯熄灭时，夜的主场只允许幻想通行

乌鸦

梦魇挟持月亮，无人捞起晦暗落水的星斗

众生囚困于池中倒影

而我徒步荒丘尽头，替夜来数沙漏

群山不动，若遮拦处星暗，独我升月守明

我行走暗夜预警危丧

却被人类冠名不祥

渡海多艰

站在海前思索灵魂的底色

会是共呼吸的一片蔚蓝

站在麦田收割灵魂的底色

会是沾染秋意的一垛金黄

人们竞相游说山海辽阔

唯不见困顿山前

渡海多艰

蜉蝣梦境

梦境解剖昨日的我
一片空旷的沉默有了色彩
褪去衣物，酝酿着睡意
陷入柔软的废墟之外
黑夜是一片殷绿的湖泊
包容所有水草与衍生的蜉蝣

人间停留

冬日在远方盎然

澳洲的蓝花楹开得梦幻

窗外雪中的红山茶不发一言地热烈浪漫

美好偶尔迟迟缓缓

还在等，等篱笆侧的低矮木桩旁

胭脂开满树的每一寸骨骼

还在等，等风雪漫山

小猫的爪印停留人间

丹青

写了五行关于水的词
两行润笔
两行流到丹青波横
剩下的一行
留给夏天冰镇青春的对碰

芥蒂

我总是循规蹈矩

将飘零思虑都藏进一场荒雨

心绪弯绕总是崎岖

我这片海岸

对喧嚣满心芥蒂

难过就化作寡言的人鱼

为我写诗

能否为我写一首诗
关于野草、虫豸、蝌蚪的来处和童年拾起的卵石，
施肥，浇水，照料着开花的愿望
春天饲养着蓬软的云
影子仰倒在秋千身后

消磨

白日对歌，暮晚枕诗
丢下声名赫赫的欲赘锁
自此，翻开的每一夜
都不算把时光消磨

睡莲

晚夏，醒来的睡莲又昏昏睡去

瞥见你疏密的花叶，片片延展的生命写意，缓缓漫开一塘迷梦

借我娇色、短夏和不染淤泥的真心

借我并蒂双生的宿命，浮沉中望定一双眼

借我月升、雨漫和深陷池底的根络

借我壮烈盛开的胆魄，红蕊作摇曳的艳火

驿站

猫眼下阻绝世界的锁口早早锈蚀

今夜，尽忠职守的钟摆脱轨了时间

想来春的浮浪未能掀翻市井高楼

那封失散未至的家书

定然夹附着麦海绿波的草芽

一双粗糙的手，笨拙地

揣摩着妥帖安置一颗游子的心

母亲，你栽种的花儿何时吐芳

我夜夜呆坐这歇脚的驿站

乞取理想

退离故乡

异乡的河

河流是异乡的河
渐行渐远的甲板抛弃了月亮
轮渡平等地收留着异族、权贵与财富
我灰头土脸如讨醉的乞丐
乡愁是黑夜的遗腹子
呜咽着载满蛙鸣、卵石
和捶衣淘米的粼粼黄昏

夕照，麦秸，稻草人

不要打开窖藏的夕照
你随手遗忘的草帽忘记了掌心的厚茧
积尘的镰刀有着十余年的豁口
这遗忘，与被遗忘的宿命

毒辣的日头下它曾是天选的麦秸
一缕针线俘虏着做收成的帮工
这收割，与被收割的宿命

一切都是因果的应声，一切都是轮回的命定
后山新起了土堆，田间的野草还未延伸过去
只有飞鸟无数次越过田野的疆域
每每风过，稻草人点头目送

山茶

同新养的山茶同居，小小地端守着
晒场晾着往年的苞谷、黄豆，簸箕里新洗的雪里蕻
秧田前是重瓣的生活，静待着一夜芳香
日头敞亮，姊妹折过的书页
躲进一只歇脚春天的蝶影

大地女儿

哺育，埋葬在她的怀抱

这里无声的空旷，挣扎着生出野草、庄稼

诸神修篱，远离红尘道场

凝重的原岗滋养着林木山涧

和穿梭其间的獾子

黄麦色的皮肤延承她的血脉

而我是这片土地的女儿

文明

我们正站在历史上

俯视黄土一抔

甲骨、青铜还是竹简

接踵而至的车轮缓缓碾过文明的沟壑

遥传恒我之前

月亮只是诗人为己请命的孤弧

忠实读者

清晨，蒿草的水露走失在脚下
谁没有计划地，得意扬扬地匆匆掳去
高的、矮的、沾着泪花的
春风里太多解不开的谜面
引风成脉，探嗉取蜜
你不会只是一只蝴蝶
做她忠实的读者
轻柔地料理没能咽下的汩液

石磨

我只是没有方向的石磨
忏悔着磨碎一颗瘪烂的真心
时间不曾轻慢于我
自顾自一年年地活

错轨

命运偶尔错轨

偶尔放弃拥有的姿态

就这般，散尽了苦难厚雪

所积存的洁白

孤身颠沛

要一场宿醉泼出夜色
要傲慢不公死成飞灰
要所有爱情结出相系的红绳
要自由命名为孤身颠沛

223

乏味

终于不再等

不再破译长寂的冷黑

生命的版面从不印刷完美

允许疑窦、插曲和些许乏味

土地

要抹去多少层薄汗
才足以敬畏丰收的沉甸
你若躬身致意土地
风于旷野往返中收割星辰
黝黑的乡壤上
缓缓催生一颗谦卑的心

第七卷

·

四季时

春日将将醒，你作我的浪漫复兴

杏雨

暄风酌窗

草木欣荣

你自庭前树下过

杏雨饱风情

春日拥堵事件

任它去吧

任这刹车失灵

所有的花迎面撞向我的眼睛

眩晕中，此处转瞬绚丽

一场壮烈的事故悄然来过

湖光

湖光漾

绿波长

春日将将醒

你作我的浪漫复兴

三月

三月，藏在毛茸茸的芽苞外
吵嚷着，所有的春冠轻盈一如明晨
草叶早早先于人类预见
等待着唤醒一座呼吸的山脉

新桃

一枝新桃醒春风

河水叮咚

汩汩变奏一曲春的喧响

不褪色

春天的头像不会褪色
她一生勇敢
以新芽对抗所有锋锐与凛冽
年复一年长出温润鲜绿的肌肤

孤芳不自赏

山山竞放的春容不得任何一朵花孤芳自赏

雨露汲养的春天禁止玻璃瓶中的死亡

和折下一只蝴蝶的翅膀

春的呼吸

每四朵花瓣生出向往自由的灵魂
这世间就多出一只蝴蝶
引诱同频下一场春的呼吸

幻境

在一场靡丽的幻境中

花儿吃掉蝴蝶

于是每一个灵动的春天

都如同失重般忧郁

摇摇晃晃的春

平地石板积起了浅湖
荡漾开的水圈是花枝与落叶延伸的镜
揽镜自照中的影啊晃着晃着
今日的春是破碎又重建的平静

黎明失守

失守的黎明有蝴蝶死去
翅膀上沾染了汗渍和几滴于事无补的泪水
这座城市
又多了一座春天的墓碑

错身

春池满涨

四月伸展花臂

窗侧的纱幔别上新蕊

你匆匆离开，只把枝影装进兜里

春自见我

春天说你不必扫榻迎我

暖风扣窗时

一夜飞红

我自来赴约一场天朗气清

四月

四月初是湿答答的一本书

棠花拾露

新绿折泥

花间月半

衣襟落散花
幽梦满月华
花间月半醒
野下星还明

捡春

夜雾深沉，允许暗礁

允许生命偶有趔趄

你只轻轻地将一双眼睛捡去春天

旧岁

我新酌一湾含春水
我与今人
辞旧岁

悠悠

小猫向春天讨要新的绿毯

太阳慢悠悠地赶就

缀织又一朵小花

倒春寒

倒春寒到底是多浪漫的理由

能让风花雪月的雅事在春天聚首

大概是难得慷慨

找个借口

邀你见面同游

春天不开讲座

春天不开讲座
花骨朵挤过人流，先一步来过
你的眼睛蒙着冬
你说春天是绯红的落寞
唇脂是美艳的锁

误春有时

在这一纸浮白中
你写你的春意迟，我绘我的枯藤枝
晚归吟诗对雪，未曾惊醒丘野
其实也大可以雪幕中放映春诗
潦草旁观冬的悸动，又对春浅尝辄止
切勿，切勿
薄负冬白，又误春时

咫尺春光

我该是湖边那张石椅

你随秋天纷叠落幕

待老掉的藤树掸尽陈霜

再拂柳

水眸脉脉

咫尺春光

相思无休

烛火惺忪，帘随风动
雨歇后，虫鸣不止
相思无休

希冀

蝴蝶不会光临冬天的窗沿

就像爱而不舍的雪也会融于温暖的壁炉

她捧着最为质朴的希冀

祝福着我远行的明天

湖光

湖光是月亮蜕落的锈
载着一夜难解的相思愁

焦糖桂花

梧桐叶随风出走
白云隐退山后
赠你秋来的嘈杂
丰收季的吆喝
和一篮焦糖桂花

一山秋

旧邮箱无人问津

生了斑斑铁锈

风来

摇落一山秋

白露

只是你一眨眼
星子也想垂落檐尖
　　白露已至
秋的轮廓告别温柔

不待春

且以年岁相煎
风月做柴
放任我盛放雪色中
春不可待

生长

秋的明黄肆意生长

风又翻卷纸张

月染一室桂花香

灼灼秋色

秋色灼灼
月下一诺
桂花影绰中窸窣
悄将风声数落

中秋

分食一口
咸蛋黄味的月亮
于是团圆不再是未完成的愿望

月也无眠

偏偏风从枝头拽落一个秋天

心事沉在梦里

月也无眠

落日纵火

只是落日纵火
暮色垂落
山河都做帮凶
同你再话死生契阔

一隅皎洁

潮汐涨停

风声起落

我望向你

漫长夜里留下一隅皎洁

种春天

在冬雪之前为你种一片花海

眼中生长出蝴蝶

和第二个春天

旧时光

驻足的夏天里
旧时光的窗格外
是我们风流云散的七月

反骨

夏天的反骨
在于离弦云
脱轨的风
和破音高歌的蝉

第八卷
·
长生缘

见字如面，请你一而再，再而三来读我

黄昏日落时，说一声爱你

夏天的傍晚，像是一场荒芜的繁华。

老巷子的风不再闷热，零散几个小铺子前，三三两两几个人围着，或站或坐，唠着家长里短。夏天的热情，中午是属于太阳的，黄昏时是属于人间的。

光偷偷溜出来，从枝叶间，于是总有一个角落被金色弥漫着温柔。

我想，再忧郁烦闷的少年也应会被这偶然的温柔抚平。

于是，我便又爱了一次人间。

人生总会有惊奇的际遇，不信你去夏天吹一吹温热的晚风，在黄昏时猜一猜晚霞是几种颜色。在爬升的气温里，尝一尝加冰微酸的柠檬汁。

夏日滚烫，所以我们赶一场日落吧，偷走难得的温柔。

今天的云有些许落寞，当在下一个转角重逢，亲爱的，要趁夏天爱我。

我对你从不吝啬表达，它不是西沉的月，会有尽头，它是长安的灯火，生生不休。

晒月亮吗？

我以为黄昏是橙色的海，是独属于一人份的浪漫。

但是如果有人喊你晒月亮，不如猜一猜，他会不会胆怯中也想着怎么表白。

心动和真诚都是奢侈品，可不要轻易怠慢了它。

"如果你来，我的余光中不是橙色的海，也不在意月色几分白。"

"我要偷偷露出几个马脚，让你知道我的心思不难猜。"

"我知月色在你的眼里明灭圆缺，清风入怀。"

"我不敢抬眸看你，自以为不看便可逃离在世俗情爱之外，不受其害。"

"但是如果你下次喊我一起晒月亮，那我还来。"

"是路灯下的一些对白，当我触及温柔的光，我就会想起你，晒月亮吗？我想你来。"

"这就来。"

我在夏天丢失夏天

故事总是有始无终，长夏的风已更替几波，枝头又换几茬新绿。

林间夏深，蝉鸣喧嚣中我总是想起你。

这盛夏依旧燃得如此炽热，像是可以将所有晦暗过往烧成灰烬。

我清醒又荒唐，着迷缺憾，无法原谅也无法坦然释怀。

就像我着迷月亮，哪怕它永远皎洁地遥遥高悬苍穹之上，可望而不可触及，但我依然爱得痴狂。我当然知晓月亮是宇宙的浪漫，从来不会被我独有。是呀，谁又能凭爱意将月亮私藏，可执念太重，我无药可救。

月色漾在窗边，花未眠，我曾被爱谋杀，未曾见血，却痛得惨烈。

后来我才知道，人间本就难得圆满。

我惦念着我们从未同赴的一场夏，我在夏天丢失了夏天。

秋

又是一个秋。

孤村，落日，残霞，耳机。

傍晚时，随机播放到一首粤语歌《到此为止》，偶然瞥到那句歌词——没你的动人时节，喧哗欢腾亦已经并无意义。

我好像还记得秋的味道，是糖炒栗子掺着桂花香，是烤红薯冒着热气尽管风已带凉，是梅子黄时好酒正酿。

兴许是今年的夏末留恋不返，燥热难缠久不退散。我所等候的那场迟迟不来的雨，总让我觉得还停留在夏天。直到树叶落下第一片时恍然发现，秋色不晚。

终究是少了些许期待，毕竟去年的桂花香是因你沾染，一同风中排队买的烤红薯糯软绵甜，那一片落在你肩上的叶，成了我独家私藏的书签。

秋时，本该云淡风轻，偏偏回忆太沉。

后来才懂得，失去爱时，月色霜寒，冰封千山。

贪夏

万物都在辞旧迎新，而我在残损的欢愉外，徒劳的悲痛中，满溢的欲望里依然有关于你的痕迹。

我也妄图收敛执念，却眼见它疯长在人世喧嚣中。

"我不想的。"

在那片荒芜中，你该听听我灵魂的低喃，我竭力制止我崩溃的泪腺，不敢回头看。

我妄想用萤火和烟花拼凑出让爱肆意生长的夏野，可是爱如同秋冬时枯死的藤枝，难堪而无力纠缠。

即便我写尽不眠的月亮，也难以美化半分。

末了，只能道一句："凡是欲望，皆是枷锁。"

作茧自缚，我囚困于我自己。

欲望无法遮掩，也无法暗自凋零。

毕竟，那是我于人世喧嚣中最最贪恋的侥幸。

你是我初秋之际依然惦念的夏天。

祝福

我沉迷缺憾，贪图不散的宴席。

亦祝你踏上明途，伴一曲渔歌唱晚。

你应在青山外，不惧归途漫漫。

南北东西，倏然间我们走得零零散散。

你应是一条独一无二的锦鲤，天蓝海阔，一往无前。

且祝你得偿所愿，如蝶破茧，岁岁常欢。

梦

　　当长达宇宙的夏风烂醉如泥，我们相约做满身匪气的江洋大盗。

　　你负责偷衔一枚醺然的热吻，而后在你的锁骨与脚踝中，我们谈及童年与明天。你总说地表无法真正困留住人类，于是枕在风中，同手边的草芥与雏菊一样漫无目的地做梦。

　　我永远的梦想家，请保留你的愚勇和痴诚，永远永远。

蓝

　　我常常喜欢在凌晨时听那些封面是一汪蓝色的音乐，仿佛不必沉溺于梦里的海，就可以陷入这纯粹的蓝意。

　　我常常喜欢侧着躺，感受凌乱的发丝触到肌肤的微微痒。在凌晨中便笺里记录下零碎的文字，写出不成诗的几行。偷偷溜进来的萤火虫发着微弱的光，原来是偷偷想去我的梦里藏。

　　欢迎光临我的蔚蓝，欢迎临摹那片蔚蓝海的形状。

　　如果你来，就把悄悄话只对你讲。

　　"一起逃离失眠吧，在梦里成蝶。"

　　我在凌晨两点这么想。

　　请还我一个蔚蓝色的梦。

访冬

你试图从她垂下的眼中找寻过去的旧址遗迹。

就像是顶着大雪造访荒原，这里有抵挡不住的严寒。你在大雪中噤声，不敢妄言惊扰。你清楚地知道这里从未属于你，也从不欢迎新的外来客。

你坐在她身边眉眼低垂而后走开，暴雪下在心头，坚冰难融积山。

后来遇到新的人眉眼弯弯时，你垂下眸，突然迷茫这难解的循环，终究求之不得。

一声叹息掩在大雪下，恍若经年。

想带你看看凌晨五点的橘

昨晚，我写下"把窗外的星星盛进眼里"，念着出其不意，闭上眼，赠给你一梦的星光。

可惜梦只做了一半，便被意外打断，大抵星光也只能赠你一半，且作稍后补偿。

凌晨五点，难得早起。

夏日总是倦怠的，晚上闷热，总是迟迟不睡，便往往在早晨借着补觉的由头成全那赖床的瘾。

想来一整个夏日，我都没能窥见一眼山青。

常常在中午清醒的我，目之所见已经是阳光为山丘覆上金色的纱衣，而枝叶在阳光下翠得滴水不漏，显得灵动活泼。到了夜时，暗沉的天仿佛又为山晕染了深深浅浅的墨色，青色被晕深，庄重典雅。

而今早有幸看见，五点的太阳还没能从山的边缘爬出来彻底露出全貌，东边山的轮廓处浅浅露出小半轮橙红，衬着微醺的霞，如此温柔。晨间的风微凉，沿路的景色在我眼中倒退，山叠着山，弯连着弯，路旁的田地里玉米青翠挺拔，齐整地站在风中，头顶的小蕊随风轻颤。

夏天不只是蝉鸣，不知哪里早起的虫儿、鸟儿先起了清晨的乐调。不明方向，却也别添一分野趣。

晨光熹微，清晨的微光可并不比落日的温柔少一分。

我想起来，曾写下一句——

温柔如诗的是凌晨五点半的橘，应是昨日黄昏偷偷攒下的光，浪漫延续。

白日梦工厂

"爱在风里抬头，云在彼岸乘舟，翻涌成一个回不去的夏天。"

夏日的云是不被定义的，自由到没有拘束。它是儿时惯用的比喻句"如同棉花糖一般"，是少年撑头看向窗外便可慵懒虚度一个午后。是烈日骄阳晒到人恼火，看着蓝澈的天空中零零散散的云也会平静下来，然后再次悄悄原谅这个夏。

它来自哪里，又会去向何方？它会想我吗？它会走向谁？云边会有小卖部吗？云会途经几座山的风景？幼时好奇的问题如今依然没有答案，却不再深究。

每朵云都不知来路，不知归处，直至消失视野，下落不明。

因为云是天空私藏一夏天的浪漫诗篇。

"要看云吗？顺带听一听不懂修辞和浪漫的，我的碎碎念。"

想借着邀约送给你天空私藏一夏的浪漫。如果你不听，那我就只好躲进云里做一个晕乎乎的梦。温柔绵软的白云偷偷喝了云边小卖部阿婆的酒，于是放肆地汹涌着心动的酡红，风中都开始弥漫微醺的氛围。它仿佛要比我们所见所想的更加自由，更加热烈。

悠悠荡荡的云呀，偷得浮生几季闲，飘浮在天边，也停在了心上。

白云梦工厂，永不打烊，欢迎来信。

蒙眼拥抱

"他眉目微敛，看不清眸光，却在最具有故事感的夏天，自胸膛迸出一池绯红。"

他伸出双手，拍拍肩，轻声问候，背后是隐匿的万万朵玫瑰。

行人未见玫瑰，却路过这小巷中独一份的美。

蒙住双眼给予拥抱，未见真容，但我想这双眸子定是极亮的，盛着灿过星辰与月色的善意。

晦暗时有光，站在不知名的小巷里，夜色正浓，他却一身月色。

简单的标题板，孤单的一人位，仿佛与周遭的烟火喧嚣格格不入。

"最近过得还好吗？听说拥抱可以止痛。"

疲惫时，不如暂且歇歇，给你一个拥抱。短暂停留一下吧，想给你的情绪加一份糖，用甜与温暖传递继续前行的勇气。

我看见腼腆的女孩被妈妈鼓励拥抱哥哥，我听见疲倦的成年人哑了声音。

转角处，短暂分秒的遇见，不期而遇的善意。那时，我看见了勇敢，温柔，还有这属于世界的柔软。

人间烟火处，爱比夏枝繁茂。

读我

有人蒙住眉眼，却泛滥了一夏天的浪漫。

我总是爱极了在昏暗的暖色调灯光下给你写信，昏黄的灯映着古朴的纯色信封。我总是偏爱纯色的东西，如爱你一般赤诚勇敢。

落笔时往往肆意，无所顾忌地想分享每一点的生活琐碎：今天我的小猫又掉毛了，我翻到了老照片，妈妈种的茉莉又香了满屋，还要落笔一句好久不见。

肆意时而又不免沉思，总是在收尾时不舍，恨信纸太短，又恨笔力不够，唯恐不能让你看出无端的思念。却又恐思念太重，坠沉了你本该展开的笑颜。

尽管身处信息时代，但我不仅要日日得见，还要你知晓字里行间的专属缱绻。

"我只是一个贪心鬼啊。"

"见字如面，请你一而再，再而三来读我。

雾春

或许会永远写黄昏、写遗憾，因为我再未有机会，用那么纯粹的爱意去同那年的爱人一样热烈果敢。那是我过期的浪漫，也是我久久难平的不得圆满。

我短暂栖身黄昏日落时，挥别你。

落日总是更容易接近情绪的彼端，我告别你，再次拥吻我的人间。

勇气和爱都是消耗品，我们体面告别的同时也知道你我不会再见了。

那是二十一世纪末的浪漫遗物，且告别暮色吧，我们愿赌服输。

最后，终究是没能等到春时新生。

无期

    当我注目不可期的事物，我就知道，应掺着酒尝一尝孤独，
大梦一场。

    旧山烟雨蒙蒙，大雾迷离，是拍马追风不可及，

    是纸上寥寥几笔，写了你的名讳。

    可不要窥探墨痕下的秘密，我要它在宣纸上成为不朽。

    谁也不知墨痕下是手误落错了笔，

    还是走神，错漏了心。

交织

我们每个人都是一条不知通往何方的线，一旦喜悲形成交织，就会形成羁绊。如果有牢牢系住的心安，就不会在意走掉的苦恼。

被珍视时，好像可以劝慰自己原谅失去。

怎么舍得，快刀斩乱麻。

一举一动，就足够牵绊心弦。

你要小心，我这条线一旦牵上，便足够难缠。

我们又像是一场风，流离失所的风，本就没有归宿，还要高喊着"无爱者自由"。

秋风又添几分寒，第一片打着旋落下的树叶已是枯黄。日暮横斜，透过枝丫偷看一片片小小银杏，要赠你染得最最好看那一片。

雁飞千里书相寄，寄月皎洁，寄风萧瑟，寄一片痴心澄澈。

月季

我曾在梦里见过常住在她院子里的满园浪漫花丛。

我从她口中得知这里四季流转，却总有芳华。

灵魂里仿佛住着花的女孩酷爱日落与晚风，每每这时，她仿佛想到的从来不是"夕阳无限好，只是近黄昏"，而是应该带着我不要错过这人间盛景。

我们都身处爱中感知爱，在许多瞬间，我都有幸同她共赏了半边天的霞色正好。

那是昏暗迷蒙的景色里能清晰看到的藏不住的、不落幕不打烊的温柔。

上帝从来不会让一个人孤独地面对这个世界，所以有了晚霞和月亮。

当你突然发视频过来，只为了让我看一眼天边的霞色时，我就觉得只有捧给她这世上所有的月色才能与她相配。

遇事不决，可问春风。

但春风过期了，夏天的风说要跑着见你，让你来回答我。

晚风正好，该见面了，你的月季一定很想见我。

"很庆幸呀，厌倦世间喧嚣时候，有你带我看暮色不晚。"

回忆斑鳞

　　看着过往的录像机和相册里的老照片，就像是已经化为泡沫的美人鱼，重新回到最初看到自己闪闪发光的鳞片，重逢一个陌生又熟悉的自己。

　　当那些困境中的进度条突然被撤销，原来我们的灵魂也曾在大海深处熠熠生辉，而不是一潭死水，千篇一律。

　　当重复的无聊饱和，我们回到自由呼吸。

　　那模糊如梦境的感知，是你的波光粼粼。

风中小镇

云是天空的翅膀，童年在风中徜徉。

几面斑驳的海报墙，嬉闹笑拥的小巷。

麦草垛上一躺就是整个午后，那时衣裳鲜艳，不必端庄，毕竟时光轻缓正是年少轻狂。

七月黄昏总泛起火烧云的停候，偶尔有风袭来，流连此地颜色正好。

小路狭长传来谁的呼唤，袅袅炊烟也带着暖，那是孩童远行惦念的愿。

也不知惦念的是炊烟，还是谁的挂牵。

小镇停在风中，停成了永远的羁绊。

他后来形容她是病恹恹和纠缠不尽的愁怨。

他说见过她纤弱蕙雅，不解如今的臃肿粗蛮。也见过她清辉流盼，不愿看她下垂顺懦的眉眼。她的生趣乏耗殆尽，在屋内游动的浮尘中捡不起一缕叹息。

过往的情话成为一纸荒词旧笺，在追求新鲜的飓风中刮得粉碎。

那汪灵动的湖如今早已酸苦呆滞，他只好把目光投向明眸娇妍，慰藉寻欢。

"薄情负，作冰山"的戏码屡见不鲜。

嘿，别做笑谈。

故土漂泊

　　一身病骨吟哀，叹息半生蹉跎。

　　一双肿胀皲裂的手洗褪污浊，浸在冬日的水中曳着膨胀的衣袍，山影比破碎的水镜沉默。

　　童年的歌笨拙咏诵着贤惠，没有腕上波翠，余下沉泥积垢的悲。

　　苦难加身无人敢问对错。别怪，月色寥落，诸景凉薄。

　　她是不知名的花，无人记得她的娇艳，就像半生都煎熬在冬天，最后在一片死寂里枯败于雪中。

　　一场毁灭性的暴雪后，灵魂颤巍巍地在故土漂泊。

春

春风燎野，花簇奔流。

春光善医，可愈心疾。

郁雨盘桓，蜷返冷春。

厚雨忽霁，晴光探窗。

心如花木，自成锦簇。

夏

采荷撷夏，塘月横波。

夏盛祈融，赊雨倚梦。

曳绿垂眸，风动声色。

鼓翼伏交响，蝉声惹夏长。

霞光衔金，榴花复燃。

须臾夏烬，寒蝉秋新。

藏蝉掖夏，破绽百出。

枝蔓攀生，夏色弥深。

夏色渐郁，祝各位，四美兼具。

浮光灼夏，斑影游弋。

秋色潦倒，一叶黄昏。

酬风宴月，满座上宾。

戚秋风起，凭夜思怯。

闪念从秋，风捕佳尾。

冬

抱薪寐雪，修篱种玉。

生命落雪，不移霜松。

揉皱雪诗，愁谴春迟。

炉火煎雪，年岁生温。

一身旧雪难宴客，娓娓春暄赋新歌。

后记

时空无涯，我们仅仅能诉说这个季节雨水的丰歉。亲爱的你呀，也在为自己点起微弱的灯火吗？

文字于我而言，是夜里推窗在雨雾蔓延的水汽中与大山一同沉没，这里是我连峰傍水的来处。文字也是抬头所见，尘埃伏落的瞬息间捕住此刻光影的明翳，这里有我目之所及的今夕。

我时常想起早年独坐溪边的夜晚，那里藏着天马行空的理想开端。那时远梦松动掩过庸忙白昼，未来如星点浮经这片水域，粼粼夜色中我坚信着定会驶来带我离陆的方舟。

久被遗忘的会永远沉寂。光阴如同一张鱼骨纱，文字却可以钩弄填缺我们匆匆丢下的一切。在时间擦掉所有印痕之前，我想用笔一遍遍攥稳当下。二十岁时我整装待发，宣告着身披晴空的夏天永不上岸。毕竟这个世界总是有着妄图索留的朝暮和不愿失落的名姓，我想让它们鲜活不朽地附着在文字里。平凡的我也想打捞起日子里渺小却无法复刻的帧帧截面。

人流汹涌，若一人行走总是寡趣。幸而有恰到好处的惊喜，幸而有对照灵魂的相遇。在这里要特别感谢我的编辑老师小杨老师，一直耐心协调出书的各项琐事，还不忘亲切地给我鼓励打气。生活不时触发彩蛋，我也拥有了一些尚未谋面的朋友。因缘际会下我们借文字结识，时空的距离无限贴近于每一次同频共振。而距离扉页最近的序页，我想送给我的读者朋友们。字壁之间往往交互着赤诚的真心和璨然的热爱，这就足以达成一个巧妙的闭环。你手中的留白尤待书写，这次换我来做你的听众。

冥冥中诱发我们相交的力量会燃沸成引路的火把。在每一次的走近里，我都触碰到温暖的光与热。回头来看，对一路收获的所有善意唯有无尽感激。我知道自己尚需学习历练，如今的情绪悲喜和所思所悟都过于青涩浅薄。这一本书只能算作翻过我少年时代的一页。选择一味蜗居于窄仄的小岛上便注定会错过大海。一切仍是未完待续，太多太多等着我去感受去体验，去翻新去创造。

我想还是会写下去的。偶尔笨拙迟疑，偶尔胆怯徘徊，却还是不想在此止步。命运着陆之前，我依旧执着于握住指往心之所向的罗盘。至于明天，没什么好怕的。在我写下这段话时，月光平等地垂爱枕夜入睡的生灵，我也平静幸福地享有着一小角光辉。那就祝同在昏明间隙的我们持暗留盏，闲落灯花。

当我们读到同一句时，窗外的阳光正斑驳晃落。生命依然将美丽外放，托我询问你是否还愿意盛装。亲爱的你，还愿意为最初的那个自己买票吗？此刻还有正待启程的车船。你的远方，早已久候了。

　　我亲爱的朋友，请你平安，再祝我们勇敢。余下的，留给文字里回见。

春色几分闲

2024 年　西安